錢文忠史學

余秋雨

錢文忠 著

上海文藝出版社

三

浙江布政使奴才國棟跪

奏爲奏明趕辦海塘料物緣由仰祈

睿鑒事竊照浙省建築石塘工程緊要奴才接奉撫

臣檄行後當即分派承辦各員將需用木石等料上緊趕辦并立定限期分别勸懲以期迅速蒇事現據各屬將採購各料陸續運工日漸充積奴才仍嚴行催趲不使稍有遲悞至仁和縣

境内海塘因范家埠一帶海中漲有陰沙潮溜逼趨北岸冲汕塘根柴工間有蟄陷經督撫臣

節次

奏明補築柴塘二百餘丈接築柴塘五百丈又將竹簍改用木櫃并於頂衝處所先行搶修石塘三百丈以資抵禦各在案查石料樁木現已陸續運工其柴薪需用較多轉瞬即屆春汛必須

觧運充足并於工次多積餘柴預備搶修之用
現經 奴才飛行産柴地方趕緊採辦星夜運工
分委佐雜各官往來催趲不使刻延以濟急需
所有趕辦塘工木石柴薪等料緣由理合恭摺
奏明伏乞
皇上睿鑒謹
奏

知道了

乾隆四十五年十一月 二十四 日

浙江巡撫臣福崧跪

奏爲奏明請

旨事竊據辦理海塘局務布政使盛住按察使孫梏

海防道清泰會同禀稱海塘新工條石仰蒙

聖恩俯准以厚八九寸之石與厚一尺一二寸之石

配搭成砌辦理較爲妥便惟查現在運到石料

厚一尺一二寸者不能多得則厚八九寸之石

仍未能牽搭配砌從前節次辦理鱗塘俱係寬
狹厚薄通融搭用今若將寬一尺厚八九寸者
側轉成砌委於通高丈尺相符而物料不致廢
棄稟請照辦前來臣查海塘志載魚鱗塘條石
厚一尺寬一尺二寸等語此次新工關係綦重
立法宜嚴是以屢經諄飭委員一切石料務須
寬厚採取以冀鑿鑿平整抿縫嚴密今到工之

石尺寸不能畫一據稟以寬狹間砌仍與厚薄
搭用事同一例相應據實
奏明仰懇
聖恩俯准照議辦理以裨工用惟是此項石塊究與
原定尺寸不符若不定以限制誠恐辦石各員
率以澆薄窄狹之石藉詞搪塞殊於要工有礙
查原辦續辦鱗工俱係議准以一半搭砌此次

新工應請定以四成爲率不得再有浮逾以杜
日久偷減之弊並止准於裡石內通融牵搭其
面石墻石概不准率行搭配以昭慎重是否有
當伏候
聖主訓示遵行再查三限鱗工現已釘樁完竣自應
將四限接續開槽以副定限惟緣上年雨澤愆
期河港淺涸現在尚未一律深通每月額運之

石鈌數較多雖經設法引水濟運究不能源源
抵壩所有到工之石亟應先儘三限之用瞬屆
桃霉大汛潮勢漸旺臣與司道再四核酌似應
將四限鱗工俟秋汛後再行開槽以免積水漫
溢庶於要工有禆合併陳明伏乞
皇上睿鑒謹
奏

知道了

乾隆五十一年二月　十五　日

臣曹文埴臣姜晟臣伊齡阿臣竇光鼐謹

奏為覆

奏事竊臣等於四月二十四日奉到四月十九日

廷寄

諭旨并兩廣督臣富勒渾原奏

命臣等查照前奏有無可採擇酌辦之處悉心籌畫

據實具奏伏查石塘既以柴塘為坦水固限之

外隨時修補實在不無所需業蒙

恩准撥海塘本款盈餘銀五十萬兩交商一分生息

每年得銀六萬兩作為歲修經費並撙節實銷

在案今復據富勒渾奏稱老鹽倉一帶多係鹽

竈舊基范公塘與杭城唇齒相依向係該商民

等自行修理請照湖廣金口老龍等堤按畝捐
輸及浙省書院嬰堂外輸經費之例令浙商按
引輸銀一錢即可得銀八萬餘兩辦理既免周
章修補亦無虞不足等語伏查瀕海塘工我
皇上不惜千百萬帑金為捍衛民生萬年利賴之計
浙省商民感激

高厚自無不踴躍樂輸但從前原任撫臣福崧奏請
商捐銀三十萬兩
聖諭已不准行令富勒渾復議及商捐似非仰體
皇上矜恤商民有加無已之至意且柴塘既有生息
一項自足敷用亦不必更籌經費所有該督議
令浙商每歲按引捐銀八萬兩之處應毋庸議

是否有當伏乞
皇上睿鑒謹
奏
該部知道
乾隆五十一年四月二十七日

浙江巡撫臣伊齡阿跪
奏為遵
旨查辦循例確估奏
聞事竊照浙省老鹽倉一帶建築魚鱗石塘三千九
百四十一丈五尺連章家菴條塊石塘五百丈
共工長四千四百四十一丈五尺乾隆四十九
年仰蒙
聖主軫念民生

親臨閱視因石塘之前柴塘之後現有溝槽一道積
水並無去路
諭令取土填實并於其上栽種柳樹俾根株蟠結益
資鞏固復蒙
垂念取土維艱
恩准將土備塘之土取運應用仰見
睿慮周詳無微不到當經前撫臣福崧飭行海塘總
局司道委員遵照挑填陸續報竣並將應需工

價飭委海寧州知州王泰曾照例確估因所估
工價多與定例未符輾轉駁查尚未核實臣於
抵任後因此事已閱二年有餘未便再遲節經
嚴檄催提去後茲據布政使顧學潮按察使孫
栝海防道清泰詳稱查浙省土方則例內開取
土離工遠二十丈者每方給銀一錢一分三十
丈以外至五十丈者給銀一錢二分五釐五十
丈以外至一百丈者給銀一錢三分六釐又海

塘則例内開建築鱗工填還尾土每方連夯杵
給銀一錢一分一釐六毫各等語令老鹽倉一
帶填築溝槽并加填面土因該處土性浮鬆必
須層層潑水夯硪方足以資堅實查與鱗工填
還塘後尾土工程無異應請即照鱗工填還尾
土之例每方給夫工銀一錢一分一釐六毫實
無浮溢但土備塘離工遠近不一取土工費亦
多寡不齊令按離工二十丈者仍行照例估計

二十丈以外至一百丈者照土方則例每增長
十丈每方遞加銀五釐其自一百一十餘丈至
三百四十餘丈者離土較遠向為例所不載令
亦仿照則例樽節確估離工加增十丈每方遞
加銀一分以上統計土方夫工雜料等項共需
用銀四萬二千五百五十八兩九錢零於塘工
經費銀内動支取具估冊圖結詳請核
奏等情前来臣覆核無異除估冊圖結送部并照

例另行具
題外相應會同署閩浙總督臣常青恭摺具
奏伏乞
皇上睿鑒勅部查照施行謹
奏
該部議奏
乾隆五十一年七月　二十六　日

浙江巡撫臣覺羅琅玕跪
奏為海塘新志敬謹纂成恭繕進
呈仰祈
聖鑒事伏查建塘防海載自水經修堰捍潮詳於史
乘顧唐宋後非無成法補苴多屬權宜即元明
間已有專書規畫未臻美備欽惟我
皇上

德涵八極
恩浹四瀛承
列聖之
訓謨澤國屢紓
籌策貽羣黎以樂利波臣早慶安恬廼循
厪切民依
周諮水利

玉輅六巡浙土
面示機宜
翠華四蒞海濵
躬親相度謂柴塘之末固易石甃而久安一例改築
魚鱗萬丈勻排雁齒丁役競來賑溢謌
帝力而鼛鼓不勝水衡廣散金錢
念民瘼而絲毫罔累神祠

虔禱效順者百靈
溫語遥傳宣勞者羣策朝潮夕汐息銀浪之匉訇細
柳新沙護金隄而鞏固復荷
聖慈曲體經久不廢歲修
渥澤周施各工均蒙加貼益資奠乂永奏平成臣封
圻忝任董率攸司遵
欽定之宏規欣覩底績本

勅修之通志載頌安瀾謹葺一編釐為六卷首登
睿藻次列輿圖歷叙建築之方備載興修之料原辦
續添而外繼以新工庚子甲辰以還迄於丁未
深慚謭陋莫罄揄揚茲當功成萬禩之期正屆
聖壽八旬之慶仰
鴻猷於錫極纘禹緒而海不揚波効雀躍以呼嵩祝
堯年而天還同壽理合敬繕成編恭呈

御覽伏乞
皇上睿鑒訓示謹
奏
乾隆五十五年七月　十一　日

浙江巡撫臣福崧跪
奏爲查勘海塘實在情形暨現在分別籌辦緣由
據實奏
聞事竊照海塘工程關係綦重遇有坍損亟應隨時
修補以資捍衛若藉詞節省遷就因循不特有
碍要工必致所費更鉅臣查浙省海塘近年以
來並未妥實歲修且本年七月初六初七兩日

猝遇風潮較之四十六年情形尤重柴石工程
潑損矬蟄之處甚多彼時前撫臣瑯玕並未前
往查勘據實
奏報現在各工亟應妥速修築方足以禦春汛茲
臣率同藩司歸景照杭州府知府明保及海塘
守備張麟昭等前赴東西各塘逐一履勘查得
西塘新建鱗工塘外柴坦共長四千二百四十

丈前此鱗塘告竣之後仰蒙
聖明指示令將沿塘溝槽用土填實種植柳樹即將
舊有柴工作爲坦水無庸另建石坦層層保護
實屬事半功倍查此項柴坦除自天字號起至
潮神廟致字號止工長六百四十三丈現有漲
沙擁護可緩修築又忘字等號柴坦四十五丈
已據工員修整完固不計外其餘臨水各工計

長三千五百五十一丈五尺現俱全行蹲矬自
四五尺起至丈餘不等並有直沉水底連及附
土坍卸之處除將保固未滿之地字等號一千
一百三十丈一尺着落原辦之孝豐等縣迅速
賠修外其餘已
奏未修之闕字等號三百六十三丈及未經具
奏之二千五十八丈四尺應請分別緩急動項次

第興修又東塘石工夫唱精宣泰田赤等七號
計長八十六丈五尺係雍正八年及乾隆六年
建築現在塘身裂縫臌突附土蹲矬應請即行
拆築又夫字等三十五號塘外石坦計長四百
四十六丈六尺六寸係自乾隆二十五六年暨
四十六八等年先後建築并有原係舊基未經
建坦之處節被潮衝浪激椿石全無地勢現已

掃深石塘單薄應請補建坦水以資捍衛又查
戴家橋起至念里亭止命字等號坦水曾於五
十三年伏汛後間段潑損計長九百一丈四尺
亦係應修之工應俟要工完竣後再行次第修
築又土字等五號石塘五十八丈五尺七寸務
字等九號坦水一百九丈七寸又韓家池逍字
等十三號柴塘二百三丈業經琅玕入於本年

七八兩月沙水情形摺内附
奏尚未修築完工亦應飭催赶辦此係東西兩塘
工程實在情形也伏查浙省海塘關係民生保
障仰蒙
聖主念切濵海蒼黎
翠華廵幸
指授機宜不惜千百萬帑金建築柴石各塘以爲萬

年鞏固之計並蒙
諄切訓誡飭令隨時修補俾得永慶安恬今前項工
程坍損若此並不確勘奏
聞上緊辦理殊屬玩視臣受
恩深重惟有仰體
聖慈以奠民生有裨不敢稍存瞻顧致有意外疎虞
相應據實

奏明及時籌辦以資保衛惟查現在時已仲冬春
融瞬屆且工段綿長勢難同時並舉臣與藩司
歸景照等往來工次詳加籌度即委該司督同
杭州湖州二府及在工各員先將最要之工趕
緊購料妥實興修以禦春汛其餘各工亦即依
次接辦總期一律完整俾免坍卸過甚轉費周
章查現在藩庫存有塘工餘息銀兩堪以動支

仍俟工竣後分別應銷應賠核實辦理以重
帑項所有臣查辦緣由理合恭摺具
奏伏祈
皇上睿鑒訓示謹
奏
好勉爲之餘有旨
乾隆五十五年十一月　二十　日

浙江巡撫臣福崧跪
奏爲動支塘工生息銀兩循例奏
聞事竊照浙江省海塘工程應需柴坦修費前經
欽差尚書曹文埴等
奏明於海塘經費餘存項下撥銀五十萬兩發商
生息歲可得銀六萬兩專作老鹽倉以西新舊
柴坦歲修經費據實報銷年底專摺奏

聞等因嗣因東西兩塘歲修柴石各工例估不敷應
需加貼銀兩又經前撫臣琅玕
奏請於海塘經費內
賞借銀五十萬兩給商生息歲收息銀六萬兩存貯
司庫以爲加貼之用年底將動支銀數一併彙
奏等因均蒙
俞允欽遵辦理在案伏查東西兩塘柴石各工臣於

上年十一月内抵任後因查坍損甚多當即據
實
奏明上緊修築所有動用銀兩應行着落分賠未
便入於歲修項下含混開報當即飭令藩司等
將上年歲修銀兩應銷各數分別核明統於本
年一併造報去後茲據布政使歸景照杭嘉湖
海防道良柱將五十五六兩年收支存剩銀數

同工段丈尺料物造冊詳請具
奏前來除將應賠各工業經臣專摺
奏明着落賠繳外所有
奏准應銷各工例應在於歲修息銀內動支彙報
茲届年底彙
奏之期臣查各商應輸柴垣生息銀兩截至五十
三年十二月底止實存銀六萬一千九百六十

六兩零又續據繳到五十四年生息銀六萬兩
其五十五年分應繳息銀仰蒙
恩旨於五十六年爲始分作三年帶還嗣於五十六
年帶繳五十五年並應繳本年息銀共八萬兩
以上共存柴垣息銀二十萬一千九百六十六
兩零計五十五六兩年動給過
奏明應銷各案例估工料並找給五十二三四等

年准銷未領各銀共三萬六千四百四十四兩
零實應存銀十六萬五千五百二十一兩零又
加貼項下應繳生息銀兩係於五十四年六月
内發商生息截至是年十二月底止應繳息銀
三萬五千兩又五十六年帶繳五十五年及應
繳本年息銀共八萬兩以上共存加貼息銀十
一萬五千兩計五十五六兩年動給過

奏明應銷各案加貼工料銀共五萬三百十二兩
零實應存銀六萬四千六百八十七兩零統計
兩項應存餘剩息銀二十三萬二百八兩零除
將清冊送部並仍歸各本案分別核實報銷外
理合循例恭摺具
奏並分繕清單敬呈
御覽伏乞

皇上睿鑒謹

奏

該部知道

乾隆五十六年十二月　十三　日

浙江巡撫臣福崧跪

奏爲遵

旨覆

奏事竊臣於四月初三日承准大學士伯和珅字

寄内開乾隆五十七年三月二十二日奉

上諭長麟奏查勘范公塘石壩係沈船載石爲基堆

積石塊增高出水體重根牢即遇風潮洶湧不過

頂上木櫃及浮置碎石沖損斷不能搖動壩基若
改作柴工一遇風排浪湧撼椿走埽漂蕩無存似
應仍用石壩等語此事於乾隆五十四年四月内
據琅玕奏稱范公塘一帶所築挑水石壩碎石堆
積不能排釘木椿易於坍卸不若柴盤頭一項可
以釘木作椿跟脚堅固彼時朕以琅玕所奏情形
尚屬可行本年二月内據福崧奏以此項石壩基

址尚屬堅固廢棄可惜若改築柴壩不特需柴甚
多且挑溜不能得力現將石壩如式捐修以資捍
衛等語與琅玕所奏情形互異朕以兩說皆各有
理但不能遥定因令長麟前赴杭州范公塘一帶
逐細履勘究竟石壩柴壩兩項孰爲有益秉公據
實覆奏今長麟既偏主福崧之説以石壩爲是則
琅玕所議改築柴壩所見即屬錯悮前此朕令長

麟前往海塘履勘原欲於福崧琅玕兩人所議孰得孰失之處確切指陳乃長麟摺內秖稱宜用石壩將柴壩無庸置議而於琅玕原辦錯悞之處並未逐細聲叙意存迴護調停殊屬非是至琅玕於五十四年四月內奏請改用柴壩後迄今已及三年是否將此項柴壩開工修築福崧於五十五年秋間抵任至本年二月亦已過年餘如何始將應

行修築石壩之處具奏其五十五六兩年是否照琅玕所辦將柴壩仍行修理若云此項壩工全爲挑溜護塘所築則無論用石用柴自應隨時修整何以兩年以來任其坍卸若係無關緊要之壩又何必多此一舉徒滋糜費殊不可解著傳諭福崧即將此項柴壩是否業經修築被水沖塌抑係竟未動工所請改作石壩現在曾否修建據實覆奏

再細閱圖内挑水壩基上窄下寬堆作坦坡周圍係屬圓形儘可藉以挑溜又何須於壩頂安設木櫃此項木櫃舊製本屬方形今長麟又欲改作三角雖長麟所奏側身讓水之言尚屬近理但設此木櫃究係何用亦著福崧一併覆奏至柴工自不如石壩之堅固經久況每年壩工多費一萬柴斤民間即缺少一萬柴斤之用柴價不無少增於小

民日用多有未便自應照長麟所議行並著福崧悉照所議妥協修辦以副朕慎重海防保護民生至意除另降諭旨傳諭琅玕回奏外將此諭令知之欽此遵

旨寄信前來臣跪讀之下仰見我

皇上訓誨精詳無微不至伏查范公塘一帶埽工前於乾隆四十八年春間因該處形勢頂衝隨鑲

五五五

五五六

隨壄仰蒙
聖主指示機宜多方抵禦復因沿塘水深溜急不能
釘樁下埽建築盤頭當經壘石作壩俾挑溜勢
塘工藉以平穩至五十四年四月間前撫臣琅
玗雖經
奏請改築柴壩旋因潮神廟迤西一帶陰沙增漲
並未動工嗣臣於五十五年十一月內抵任後

查該處石壩暨柴坦各工均有沙塗擁護無須
動項興修是以未經
奏辦迨上年五月內霉雨較多迴溜湍急漲沙逐
漸刷減臣節次親往查勘相度情形因思沙勢
坍漲靡常前項工程俱係年久未修一經水臨
塘根急須搶護當即籌備料物預爲防範乃伏
秋汛內致字等號埽工先後間段臨水俱經臣

督飭工員隨時赶辦修築完整續因江海神廟
迤東起至
硃筆圈記之石塘工尾止舊築埽工亦俱臨水該處
緊接頭圍形勢險要臣當即親駐工所督飭搶
築並於頂衝處所捐建挑水石壩一座以分溜
勢俾頭圍老沙不致刷動沿隄廬舍均得捍衛
無虞節經臣於每月沙水情形及秋汛安瀾各

摺内先後具
奏在案本年正月内臣因原建各壩現經臨水所
有壩後柴坦間段工長一千一百餘丈亟應上
緊鑲修俾禦春汛當即派員妥辦勒限興修復
因壩基尚屬堅固廢棄可惜未敢拘泥琅玕原
奏率行改築糜費柴斤有妨閭閻日用隨經附摺
具

奏並飭購備石料分別緩急妥為捐修以冀塘工
有裨此琅玕雖曾
奏請以石壩改作柴壩並未動工及臣現因張沙
今方奏明非遲誤時務而何
刷減仍請修築石壩之原委也至壩頂安設木
櫃緣塊石堆出水面易於潑卸是以將木櫃排
連安置填貯石塊並用鐵鑻搭釘鈎聯如一以
期體重闌攔伏思海塘關係民生保障仰蒙
聖主念切民依時勤
宵旰今臣請修石壩摺內未能詳晰聲敘以致上煩
睿慮垂詢諄詳臣慚悚下忱莫能名狀惟有凜遵
聖訓時刻留心愈加敬慎並將應修工段悉照長麟
所議妥協經理務期塘工穩固永慶安瀾以冀
仰副
聖主慎重海防保護民生之至意臣謹恭摺據實覆

奏伏祈
皇上睿鑒謹
奏
知道了
乾隆五十七年四月　初五　日

臣覺羅長麟跪
奏為敬陳管見酌減海塘石壩尺丈以節糜費仰
祈
聖鑒事竊查海塘為民生保障
皇上愛惠黎元原不惜多費帑金為閭閻奠乂安之
福但錢糧必施之於有用之地庶工歸實濟而
帑不虛糜臣仰沐

聖慈簡任浙江巡撫半載以來悉心體察如范公塘
江海神廟迤東章家菴迤西舊於柴塘之外修築大小石壩十二座逼靠塘身以為保護柴工之計每大壩一座約費錢糧一萬五六千兩不等前因年久傾圮經前任撫臣福崧奏准捐修
上年已經修整五座尚有未修七座臣於到任後因欲察看情形核實辦理且因春汛溜勢較

緩當經奏明暫行緩修有案茲臣於秋汛內留
心體察該處舊設石壩十二座實屬柴工保障極宜興修惟舊制壩身連坦水直出寬十餘丈至五丈不等身高二丈八尺至一丈五尺不等又於壩身上安設木櫃二層似覺太高太寬與水抵禦未免有迎激潑損之虞蓋水以順其性為要順流之水其力小激盪之水其力大此項

石壩與其高大無當與水為敵多費錢糧似不
若收窄收低讓出去路俾水得以順軌直趨不
致迎激為患則錢糧既可節省而柴工亦免損
傷倘蒙
俞允應請先將未修石壩七座一律改作入水寬五
丈圍圓斜坡收分到頂俾不致横直禦水其身
高均較柴工約低四尺頂上不必安設木櫃作

為滚水壩形勢俾潮來得以漫頂而過不致激
怒損工如此辦理每壩一座不過需銀三四千
兩所用錢糧不及大壩四分之一而柴工轉得
化險為平併請嗣後交與調任撫臣吉慶留心
查看倘收窄收低之後果能得力其已修石壩
五座現在已有塌損之處將來修葺時亦俱照
式改做不必仍前高大其修築工料各價仍查

照福崧原奏此次捐貲辦理嗣後再有塌損應
修之處照例報銷查浙省各員現有前捐未完
銀兩應行扣繳此項石壩應請查照從前辦理
章程先行借款墊辦俟前項捐款清完之日再
行續扣歸款又東塘鎮海汛於上年四月六月
間經福崧奏明建築石壩二座查其議建之時
因南岸漲有陰沙潮溜逼塘情形險要該處附

近海寧州城恐有疎虞是以赶築藉資保護尚
未報銷臣抵任時該壩已有潑損據工員估報
請修臣因此二壩俱係上年添設其是否得力
春汛内潮水平緩不能確加查勘當經諭令工
員暫緩辦理其原築工料各價亦囑其暫緩報
銷茲臣於秋汛潮大之時親駐工所留心體察
其壩身亦覺太高太寬横禦水中而背後又係

石塘查柴工性軟遇水沖激不過損工石塘質性堅硬前有石壩横禦後有石塘斜逼一遇秋潮汛大即至激水上塘轉須於石塘頂上加柴保護是壩身高大已屬虛糜而塘上加柴是又於糜費之中更滋糜費臣查鎮海汛地方若竟不添設石壩該處石塘頂沖迎溜倘有傾頹即於州城有碍但亦祇應添築滚水小壩俾石塘

得有外戧亦可無慮其再致傾頹應請亦將此項石壩二座收作入水寛五丈圍圓斜坡收分到頂身高較低石塘四尺不必安設木櫃讓水護塘實屬兩有裨益至此項石壩原修工料各價係動用司庫銀三萬三千九百五十兩四分九釐雖係奏明辦理但籌辦不善未便全數准銷應請將此項銀兩僅准詳銷一半其餘一半

查四月分所建石壩係福崧札飭已革布政使
歸景照杭嘉湖道良柱詳辦六月分所建石壩
係福崧札飭已革署布政使顧長綬詳辦應即
着落歸景照良柱顧長綬分賠歸欵以重帑項
愚昧之見是否有當謹繪圖貼說恭請
聖訓伏乞
皇上睿鑒施行謹

奏

大學士九卿詳議具奏

乾隆五十八年九月初四日

臣蘭第錫臣李奉翰臣吉慶跪
奏為遵
旨會勘海塘石壩應行停辦據實覆奏恭請
聖訓事竊臣蘭第錫臣李奉翰會同自清江浦起程
赴浙日期前經恭摺具
奏在案嗣於十一月十一日行抵海寧州地方臣
吉慶亦於是日自省前來隨即會同查勘逐段

相度查得東西兩塘地居北岸綿長屹立捍禦
潮汐洵屬保護生民扼要之區仰蒙
皇上不惜數千百萬帑金疊加修築所有范公塘一
帶既有土塘復築石塘而石塘之外又有柴塘
復蒙
聖明指示將石塘之前柴塘之後所有空檔用土填
滿栽種柳株現在一律完固柳樹成行較之河

工鐵心壩更為寬濶層層保障已屬至周極備
迨乾隆四十六年間復於柴塘之外建築石壩
一座續於四十八九等年又添建石壩十座五
十六年又添一座共計十二座查此種石壩既
未簽釘樁木又無灰漿灌注祇用碎石鋪底高
出水面後再用長寬一丈高五尺之木櫃或二
層或三層排列碎石之上將塊石裝入鋪平頂

面每逢大汛風潮木櫃損折碎石即致倒卸前
任撫臣長麟請修之七座俱已殘損不堪即五
十七年新修之五座亦有殘損臣等率同司道
逐一履勘悉心妥議此十二壩內查有九座其
位置地方現非迎溜之區又無挑護之益應聽
其廢去無庸修理惟五十七年新修之第二壩
第十壩第十二壩適當迎溜處所大段尚屬堅

整就目下情形而論頗資擋護應請暫為留存
将来大汛如有潑損亦不必再修石工臣等查
東西兩塘舊有柴盤頭九座每座建築不過需
費二三千金即有刷損亦易於修理較之石壩
每座需費一萬五六千金大相懸殊且柴性柔
軟與水相宜石壩則橫亘水中激怒水勢一經
損傷不能隨時搶護徒費無益即如四十六年

蒙
皇上於海塘圖内
硃筆圈記
指示於章家菴東首黄字號添築柴盤頭一座已閱
十餘年之久隨時修整尚屬完固頗資挑護應
請将現在存留之石壩三座将来如有塌損即
改築柴盤頭所需柴薪亦屬無多核計實不致

有礙民用臣吉慶與司道等隨時查看情形應
辦之時一面修整一面奏
聞至東塘海寧州城石塘外五十七年新建石壩二
座俱在迎溜地方護塘尚為有益本年秋汛風
潮甚大雖微有潑損而緊靠石塘寬厚堅固現
今亦應暫為存留嗣後汕刷殘缺應行修理之
時亦一律改建柴盤頭以資捍衛總之塘外石

壩辦理本屬周章遇有風浪潑損不能及時修
整實屬無益臣等愚昧之見目下竟無需辦理
石壩再臣等查看東西兩塘石壩直至尖山塔
山勘得石塘前坦水間有衝刷損動之處臣吉
慶業經飭令工員隨時修補至老鹽倉迤西一
帶柴塘俱屬穩固其江海神廟迤西三官堂地
方本年秋汛刷去漲沙逼近塘根已經趕辦柴

工其柴工後土戧似覺單薄雖經長麟飭修越
堤尚不足恃應將柴塘後土戧加帮寛厚臣吉
慶現在飭令道廳詳悉估計照例辦理所有臣
等會勘籌議緣由理合敬謹繕摺並繪圖貼說
由驛覆
奏伏乞
皇上睿鑒訓示並將臣李奉翰面奉
頒發
上諭一道圖說一件一併恭繳臣蘭第錫臣李奉翰
於拜摺後即日各回本任合併陳明謹
奏
原議大臣議奏

乾隆五十八年十一月十六日

浙江巡撫臣覺羅吉慶跪

奏為遵

旨詳查海塘石壩情形據實覆

奏事本年二月初六日承准大學士公阿桂大學

士伯和珅字寄內開奉

上諭長麟覆奏浙省海塘石壩與水爭地自應遵旨

辦理一摺內稱潮溜順軌直趨自不致過激為患

即或柴工因無石壩障護稍有矬蟄即以修補石

壩錢糧補修柴工實亦患少益多等語海塘添建

石壩佔水地面恐潮汐衝激損工轉致為患是以

諭令李奉翰等前往會同履勘經該督等奏明將

石壩十二座內廢去九座今據長麟覆奏亦稱前

此祗議收窄收低並未想到佔水地面一層恭繹

諭旨實為心服可見從前多建石壩未免與水爭

地但海塘係浙省要務必須籌畫盡善以資經久
長麟業已陞任粤省吉慶身為浙江巡撫此事是
其專責該處石壩是否應照前議酌減廢去之處
著吉慶再行詳查妥辦據實具奏斷不可拘泥前
旨稍有遷就也將此諭令知之並著將長麟摺抄
寄閱看欽此遵
旨寄信前來臣跪讀之下仰見
皇上屢念海塘保衛民生無時稍釋臣查石壩橫亘
水中十餘丈上加木櫃易於激怒水勢誠如
聖諭實屬與水爭地前次接准部咨當經恭摺覆
奏在案茲欽奉
諭旨飭臣再行詳查是否應照前議酌減廢去之處
據實具奏不可拘泥遷就等因臣伏思海塘工程
保衛萬姓田廬攸關緊要一切相機籌辦係屬

巡撫專責臣受
恩深重斷不敢拘泥遷就亦不敢心存迴護臣雖將
實在情形先經具
奏應再詳細查勘慎重辦理隨於初八日率同杭
嘉湖海防道李翺前赴海塘石壩等候潮汛驗
其水勢潮水到壩浪激力大目下潮汛平緩尚
復如是若至伏秋大汛定必沖激損工是石壩

之佔水地面洵屬實在情形伏讀
聖明垂示以數千里外之海塘瞭如指掌臣不勝欽
服伏查西塘江海神廟迤東至章家菴計程十
五里相距甚近中間安設十二壩多佔水面層
層攩隔自易衝激損工今間斷廢去九壩止留
三壩則相離各有七八里之寬溜勢不致層疊
激怒是以擬留第二壩第十壩第十二壩以資

挑護其東塘海寧州石壩二座附近州城尚屬
得力亦擬留存將来石壩潑損一律改築柴盤
頭以資抵禦既於
帑項不致糜費而以柔剋剛亦與水性相宜即遇
大汛稍有刷損隨時易於修整應請仍照前議
辦理再東西兩塘臣節次周歷察看柴石各工
均屬完整范公塘老沙稍覺单薄臣於正月分

沙水情形摺内
奏請接築一百丈今復加察看再於工尾接築一
百丈隨工沉石更資保護現在督飭趕緊鑲築
剋期完竣即潮汛稍大可保無虞臣仍不時前
往查勘如有應修之處一面修築一面奏
聞臣查工之便詢訪沿海居民無不共慶安瀾同深
忭舞足以仰慰

聖懷所有臣遵

旨詳查石壩情形謹據實恭摺覆

奏伏乞

皇上睿鑒謹

奏

知道了

乾隆五十九年二月　初九　日

浙江巡撫臣覺羅吉慶跪

奏為

奏請動用民捐銀兩修築閘工以裨水利仰祈

聖鑒事竊照紹興府屬山陰會稽蕭山三縣湖河水利均屬毗連地勢愈東愈窪其西南以蕭山縣上年修建之西江塘工為保障而三邑諸山之水滙流東注皆由山陰縣之三江閘入海該閘

長四十六丈共為二十八洞勒定水則安設閘
板隨時啟閉以資蓄洩今據紳士平聖臺等具
呈以三江大閘實關三邑民田水利自康熙二
十三年間捐修之後迄今久未整葺現在閘座
雖尚屹然而內水外潮日夜激盪洞內石檻斷
缺閘身石縫搜空層層罅漏河水漏出則灌溉
無資潮水湧入則鹹滷害稼亟應及時修整以

裨水利但內河外海必須築壩二道堵截水勢
方可興修所需經費估需銀七千餘兩再四籌
畫查上年辦理蕭山縣西江塘工山陰會稽蕭
山三縣民捐項內有
奏明餘銀一萬三千兩發商生息以為歲修之用
但江塘既經一律改築石工非比從前石柴相
閒易致潑損每年修費自可較為節省應請將

餘銀一萬三千兩內酌留銀七千兩生息歲修
江塘足敷支用其餘銀六千兩作為修補閘工
不敷無多紳士等情願自行籌補毋庸再派民
捐並請仍照辦理江塘民捐民修之例懇免報
銷等情具呈前來臣當經親往察看該閘各洞
均有罅漏之處石檻斷裂以致閘板不能合縫
難資蓄洩委係亟須修補之工似應俯從所請

准其辦理但事關動用捐項理合據情恭摺
奏請如蒙
聖恩俞允臣即飭令購備物料迅速趕辦並委妥員
駐工督察工竣臣親往驗勘務使工堅料實俾
資經久是否可行伏乞
皇上睿鑒訓示謹
奏

生息歲收息銀六萬兩為西塘柴埽工歲脩例
估之用又因工料例估價值不敷於乾隆五十
四年經前撫臣琅玕
奏准再撥新工餘銀五十萬兩交商生息歲收息
銀六萬兩為東西兩塘柴石各工加貼之用其
時西塘柴埽工程自老鹽倉起至江海神廟此
字號止僅長六千七百八十丈歲脩之費原足

敷用迨後范公塘沙塗日漸刷薄近今十餘年
来陸續接築埽工加長二千三百二十丈舊新
合計已至九千一百丈之多工遞增而脩費未
增一遇伏秋潮旺之年即形掣肘臣在浙與司
道等屢為籌商苦於無項可撥兹查有從前商
捐辦差餘銀二十萬兩仍交商領歲繳息銀二
萬兩作為西湖景工歲脩經費一款嘉慶五年

接准部咨西湖為吏民遊玩之所應停止脩理
等因自停止不用以後藩庫積存商息銀六萬
兩臣請將此積存銀一併交商生息每年共可
得息銀二萬六千兩即於此内撥出銀一萬六
千兩以備西塘埽工接築加長歲修不敷之需
工多全用工少停支轆轤盈縮庶幾儲備有資
不虞竭蹷至於西湖景工雖奉部停修但内外

行宮為
列聖駐蹕之所此外如文瀾閣及各景亭俱有
御筆詩碑扁聯未可任其坍廢自應隨時樸實修整以
展誠敬而垂久遠臣請酌留本款商息銀一萬
兩按年撙節動用其餘未經供奉
宸翰一切園亭仍停其修理以節糜費如此分款動支
兩為有益而商息閒款皆歸實用矣為此恭摺

具
奏伏乞
皇上睿鑒訓示遵行謹
奏
另有旨
嘉慶八年八月 十三 日

浙江巡撫三品頂戴臣顏檢跪
奏為玉環廳海塘坍卸亟應動項修築以衛田疇
循例恭摺具
奏仰祈
聖鑒事竊照工程銀數在五百兩以上者例應
奏明辦理茲據布政使顏特布詳稱溫台玉環同
知境內黃大壘地方逼臨大海建有東西兩塘

共計工長五百六十三丈幷陡門閘座沿海數
千户田畝全藉塘隄以資保障曾於乾隆二十
一年動支玉環經費咨部修築有案今據玉環
同知張德標詳報該塘自動項修築以来迄今
五十餘載如遇小有損壞隨時捐廉修補現在
隄閘坍卸工程較大應請委勘撥項修築等情
即經飭據樂清縣劉紫玠親詣履勘委係逐段

矬卸塘身單薄難免海潮滲入其陡門閘座兩
傍裏外雁翅亦皆坍損實係緊要工程急應照
舊鑲築所需柴土及塊石白灰樁木等項撙節
估計共工料銀一千八百七十八兩零造冊由
署温州府知府余溶温處道朱文翰覆勘確核
無浮加結請修查塘隄陡閘為農田水利要工
不在部行工程停修之列請循例在於工程平

餘項下動支給辦備録前修原案詳請具
奏前来臣查該處塘工濵臨大海攸關民閒田畝
既據該道府勘明屬實且經動項修築有案自
應准其辦理覆核所估工料亦無浮多如蒙
俞允臣即飭該廳妥速修築並令該管道府不時稽
察務使工堅料實以資保衛倘有草率偷減情
事即行據實揭參工竣之日飭令該道親詣驗

收取造實用保固冊結報銷除飭取圖冊照例
另疏
題估外臣謹恭摺具
奏伏乞
皇上睿鑒謹
奏

工部知道

嘉慶二十年九月　初十　日

浙江巡撫臣楊護跪

奏為錢塘縣境內險要塘工坍卸亟應動項修築
以資保衛循例恭摺具
奏仰祈
聖鑒事竊照工程銀數在五百兩以上者例應
奏明辦理茲據署布政使事按察使魏元煜詳稱
錢塘縣境內茗溪大雲寺灣險塘因上游山水

建瓴直下以致被冲坍卸石脚柴土塘工四段
湊長七十七丈五尺飭據仁和縣知縣曹堃逐
加查勘該塘通長五百餘丈上承天目諸山之
水下注太湖全籍塘身堅固以資保衛杭嘉湖
三郡民舍田疇實為險要之工於乾隆四十四
五十九等年咨部勘修過一百餘丈之後嘉慶
十四十五等年又

奏咨興修過一百二十餘丈并搶水排樁一座現
在坍卸係屬老塘已逾保固例限又大雲灣轉
北之處水勢甚迫前建搶水排樁一座逐漸被
水搜刷塘脚空鬆排樁朽爛均應修築且所建
搶水僅止一座難資抵禦應添釘搶水排樁一
座攩禦水勢以衛塘身撙節估需柴樁塊石白
灰土方夫工銀一千七百一兩零由署杭州府

知府德慶覆勘無浮自應准予修辦惟查塘堤
等工例動引費銀款今引費支用無存請循照
江海塘工之例在於藩庫新工經費款內借支
給辦仍俟運庫解到引費即行歸還本款等情
具詳前護撫臣額特布因值交卸未及具
奏移交到 臣 臣查該處塘堤外禦溪水內保田廬
最為險要既據勘明坍卸屬實且逾固限其搶

水排樁二座係攩禦水勢要工復經臣覆勘無
異自應准予一併修建以資捍衛所估工料核
無浮多如蒙
俞允臣即飭司督率該府縣照估如式辦理務使工
堅料實妥速完竣報明委員驗收勿使稍有草
率偷減并令照例保固除飭取圖冊另疏
題估外臣謹恭摺具

奏伏乞
皇上睿鑒謹
奏

工部知道

嘉慶二十一年九月　十二　日

浙江巡撫臣程國仁跪

奏為蕭山縣境內簍坦塘工坍卸亟應動項修築

以資捍衛循例恭摺具

奏仰祈

聖鑒事竊照工程銀數在五百兩以上者例應

奏明辦理茲據布政使伊什扎木素寧紹台道陳

中孚會詳稱蕭山縣境內西興關外永興閘口一帶石塘坐當頂冲貼臨錢塘大江為山陰會稽蕭山三縣民舍田疇保障近因對岸淤沙日漲水勢東趨直逼蕭境以致塘外護沙俱被山潮二水冲刷坍沒其西興關外護塘簍坦及接連北海塘溙字等號又因上年七月望汛陰雨

綿連秋潮旺發被冲坍卸飭據南塘通判瑯琳
逐加履勘計張神殿至永興閘口簍石工長十
四丈幷北海塘添地二號簍石工長各二十丈
必須照舊安放竹簍堆貯塊石仍於簍外築復
坦水加釘排樁內有元字號石塘十五丈其北
首十丈塘外尚有沙脚堪從緩辦惟南首接連

地字號之五丈塘脚護沙坍盡水深三四尺不
等亦須添建簍坦釘樁擁護以上實應修築共
計工長五十九丈按例撙節估計共需工料銀
一千九百三十六兩零由該司道復查該工關
係民舍田廬最為緊要實屬刻不可緩要工與
該廳勘明情形相符所估工料按例確核亦無

浮溢惟例動改撥西湖景工生息專款現在不
敷支給請循例在於新工經費款內先行借支
給辦仍俟運庫解到生息本款即行提還等情
詳請核
奏前來臣查該處塘工攸關山陰會稽蕭山三縣
民田保障既據委勘明確除尚有護沙之塘列

入緩辦外其應修各處由該司道復查屬實已
逾保固例限工難刻緩所估工料核無浮多合
無仰懇
皇上天恩俯准循例動項修築以資捍衛如蒙
俞允臣即飭司道督率廳縣妥速辦理務期工堅料
實如式完竣不使稍有草率偷減工竣報驗飭

令照例保固取具估册圖說另疏
題估臣謹恭摺具
奏伏乞
皇上睿鑒謹
奏
照所請行工部知道
嘉慶二十四年三月初八日

浙江巡撫臣帥承瀛跪
奏為海鹽石塘間段蹲矬先行擇要捐修並懇
恩借款生息接辦次要工程並備歲修經費仰祈
聖訓事竊照浙江省地多瀕海杭州嘉興紹興三郡
均賴海塘以為保障紹屬之蕭山餘姚等縣為
海之南岸杭屬之仁和海寧嘉屬之平湖海鹽
為海之北岸雍正乾隆年間潮汐北趨沙塗南

從北岸隄防較南岸尤為着重仰蒙
列聖恩慈發帑千百萬兩改建仁和海寧境內魚鱗石
塘復蒙
恩准籌款發商生息為歲修之計數十年來居民安堵
無不渥被
仁施至嘉屬塘工在平湖境內者尚屬次衝惟海鹽縣
治甫出城外即見巨浸汪洋其海面較他處倍

寬潮汐衝撼尤為猛厲自前明建有石塘數千
丈北接平湖南接海寧不特海鹽一縣藉資保
衛即嘉興闔郡以及下游之湖州蘇州松江各
府皆賴此塘以為捍禦查該塘於前明時屢築
屢壞至宏治年間始改用五縱五橫砌法塘身
十八層或二十層不等寬高各二丈八九尺所
用條石每塊長計五尺寬厚計一尺五六寸每

丈塘底簽釘樁木三百二十根塘後又築寬厚
土塘緊相依附其工程極為堅固耐久故自我
朝以來間有添砌加培之處從未議及改建亦未
籌備歲修無如塘底樁木經海水淹浸已及三
百餘年日漸霉朽不能載重該縣東門外
敕海廟一帶最為頂衝邇來塘石每多坍卸塘
勢間段傾斜非及早擇要拆修勢必損蝕愈多

工程愈臣前任撫臣陳若霖曾經委員勘估有
垂字等號石塘間段八十餘丈均應拆底改建
因該工做法及應用料物皆與他處塘工不同
例價既甚相懸購辦尤多不易正在籌議間適
值升任卸事臣於上年二月抵任後即飭前任杭
嘉湖道林則徐前往確勘嗣據勘報垂字等號
工段實因底樁朽爛塘身外游亟應拆建第當

夏秋潮旺之際難以施工且添辦石料須與原
石尺寸相符恐購採維艱應修各工不能同時
並舉請分別最要次要於冬令水落時分年接
辦等情臣查海寧塘工所用條石長止三四尺
厚止一尺寬止一尺二寸今該塘所用石料長
至五尺寬厚至一尺五六寸其價自必增昂亦
非倉猝所能採辦須得預為籌備斯臨事不致

掣肘因查附近海鹽之湖州府屬歸安武康二
縣向俱產石即經分札查詢並委員往看節據
稟覆該處石質麤鬆且山宕單薄所採不多難
敷工用惟紹興府屬之山陰縣羊山地方產石
素旺堪為採辦但尺寸寬大以六面見方為度
較之海寧塘石取材不啻倍蓰一宕之中合式
者甚少鏨鑿扛擡皆極費力且由山陰內河運

至義橋過塘從海道運至海寧塘下又從陸路車拽數里始由內河剝船達於工次運道迂遠脚費尤多每石一丈並計採運價值實需銀四兩八錢零加以樁木運脚夫匠砌工等項較歷辦塘工成例所增實為重鉅臣復親詣工所逐加履勘該塘共長四千六百七十餘丈編列字號每號二十丈時值伏汛潮勢洶湧直逼塘身

原報應修之垂章愛育黎首伏等字號工段共長八十三丈貼近城垣情形甚為險要其原石蹲矬脫落委係底樁朽爛所致自應拆卸至底改釘新樁添石築砌方可一律完固並查有朝字號續坍東西共六丈又章字號原估三段十丈之外尚有十丈與原估間段毗連礙難拆底夯硪亦應一併改建統計應修各工間共九十

九丈察看該塘釘樁處所從外面量進一丈五
尺二寸而止其裏面緊靠土塘之處本無底樁
定以有樁者拆底無樁者仍舊庶得工堅費省
至原石尺寸之長大寬厚實與海寧塘工所用
條石大相懸殊採取搬運均非易事若於冬令
水落時將九十九丈之工同時並舉非獨費用
不貲且萬一石料猝難備齊工程不能趕辦一

屆春汛貽誤匪輕自應照該道前詳酌分緩急
以垂字東十丈五尺章字西三丈愛字東七丈
朝字東西六丈共二十六丈五尺為最要以章
字十七丈育字西十三丈五尺黎字二十丈首
字東十二丈西五丈伏字東五丈共七十二丈
五尺為次要分年修建當據該道府先於垂章
愛朝等字號塘後捎廂搶築柴壩以禦伏秋潮

況臣隨溯查該塘歷次修築成案其初本係動
項辦理至乾隆三十年以後遇有風潮坍損俱
歸嘉興府屬七縣合力捐修嗣又專令海鹽一
縣獨力捐辦以故經費愈絀新工既難責其認
真而歷年愈多舊工又日見其就損似此工長
費鉅一時措辦甚難即經飭行藩司及該管道
府悉心核議以該塘修築工程捐辦已久所有

最要之乘字等四號二十六丈五尺刻難延緩
除舊石抵用五成外估計銀一萬五千餘兩即
由臣及各司道等暨嘉興一府七縣仍循捐辦
舊例照估公捐發交海鹽縣知縣汪仲洋購料
搶修業於上年十月開工經該縣協同海塘營
守備林武英等拆底安樁如式築砌並將拆出
酥碎舊石拋護塘脚作為坦水又於石縫灌用

灰漿石面箝用鐵錠鐵鍋較舊工更加堅緻現
已砌至十五六層以上足資抵禦春潮計閏月
初旬即可完工臣再當親往查勘以昭詳慎其
章字等號七十二丈五尺本年冬令即應籌款
次第接辦伏念該塘工段甚長歷年又久雖目
前蹲矬者僅此數十丈而各段歪斜裂損之處
尚多將來應修工程恐不免層見疊出

國家經費有常勢難逐年增添用款而循例捐辦
亦屬力難為繼應即預為籌備以濟要工而垂
久遠臣與司道等再四商酌查海寧東西兩塘
均有發商生息銀兩以為歲修及加貼不敷之
用是以歲有修防月有奏報每坍一段即修一
段從無損壞失修之處立法最為盡善今海鹽
塘工直當大洋正面年久失修情形險要惟有

仿照東西兩塘發帑生息庶修費有所自出工程永保無虞查有藩庫新工經費一款原備范公塘接建石塘之項現在石工停緩計有存款銀五十一萬餘兩合無仰懇

皇上天恩俯念海鹽石塘為浙江江蘇數郡保障攸關

准於新工款內借支銀十六萬兩發交杭嘉湖三府

屬各典商按年一分生息每年可得息銀一萬六千兩請自本年冬間起將前項次要工程七十二丈五尺分作三年修辦每年所得息銀全數撥發俟工竣後以一萬兩作為歲修以六千兩提存司庫積至十六年計有餘息銀九萬六千兩彼時再提回本銀六萬四千兩湊歸十六萬兩原款仍以餘剩本銀九萬六千兩照舊存

六三七

六四〇

於原典生息每年可得息銀九千六百兩永為
歲修海鹽塘工之需如此則次要各工既可次
第修復即續有蹲矬處所亦得及時趕修而十
九年之後將原本提回仍於新工經費毫無短
絀至所繳息銀即由各縣按季解貯嘉興府庫
分別撥工解司以省輾轉請領之煩其一切購
料集夫事宜俱飭令海鹽縣就近承辦臣惟責

成該管道府一有應修工程即行親勘確估撙
節支用覈實報銷並嚴督該縣以現在所修垂
字等號工段作為成式認真妥辦毋許稍有草
率偷減如每年工用得有餘盈即留至下年并
款支銷仍按年報部查核至平湖塘工係與海
鹽相接如海鹽次要各工完竣後平湖或有應
修工程亦准於此項歲修款內酌量動支總期

杭嘉兩郡北岸塘工一律安瀾鞏固仰副
聖主乂安海甸保衛民生至意臣謹會同閩浙督臣
慶保合詞恭摺具
奏伏乞
皇上聖鑒
訓示謹
奏

該部覈議具奏

道光二年三月二十一日

浙江巡撫臣程含章跪

奏為查明海塘經費歷年多用銀兩應立定限制

節省辦理籌議章程恭摺

奏祈

聖鑒事竊照浙省海塘向分東西南三廳管理每年歲修有鹽商生息及節省引費契牙雜稅等項共銀十五萬六千餘兩因引費按綱解繳需引

鹽銷訖之後方能解繳甲年之款向於乙年始得到庫塘工歲修歷係於藩庫先行借款支放隨後歸還臣檢查歷年工用銀數嘉慶二十三年以前歲修本款皆有剩餘自嘉慶二十四年起至道光四年止每年於本款之外長用銀自一二萬至十餘萬兩不等共借用藩庫新工項下銀三十二萬一千兩零在前任各撫臣因司

道廳汛各官稟報塘工情形危險不得不奏請
趕辦本款無銀亦不得不借款應付聲明在新
工項下借支俟收有本款銀兩即行歸還惟歲
修本款每年既無盈餘則長用之項安能彌補
似此年年長用歸款無期殊非經久之道且廳
汛各官恃工費可以長支辦理轉滋草率是此
時辦理塘工必需通盤籌畫立定限制使經費

不致短絀工程咸歸結實方可永久臣於五月
七月兩次詣勘東西兩塘東塘皆係石工大隄
之外向作兩層坦水以護塘脚現在坦水壞爛
者四百餘丈大塘石工歪斜折裂應拆修者六
十丈臣諭令廳汛各官坦水條石被風潮掣落
者須督率兵丁於潮退時檢砌完好不得任其
壞爛又復請修至西塘例作柴埽工程因浙省

並無葦草束稭向俱概用柴工而原定章程止
用層柴層土管以木樁並無篾纜網縛一遇大
風大潮即將柴枝掣卸漂流而去其在一年限
內沖壞者承修官猶勉力賠修一至限外官無
賠修之責恐弁兵人等亦不加意護守附近居
民難保無偷取柴樁之事臣現諭令廳汛官在
限內者固須賠修即限外者亦須小心防守隨

時鑲砌并出示嚴禁如有偷取柴樁者嚴拏從
重治罪嗣後柴工須加篾纜網縛以免掣卸現
在應修柴工除已奏修外尚有未奏修者九百
餘丈以上東西兩塘應修工段不少情形實為
破爛若同時修理不但經費不敷即人工亦無
如許之多應請將刻不容緩者先行趕修其尚
可從緩者分年辦理嗣後應請定以限制每年

三塘歲修總不得用過本款十五萬六千餘兩
之數臣并諭令各廳備在於水勢稍緩處所試
抛塊石數十大如大潮時不被掣卸以後便可
陸續照辦所省必多然後可以彌補從前長用
之銀而工程亦較有實濟至南塘險工較少應
修段落亦止准擇要修理其蕭山山陰會稽三
縣塘工道光三年被大水沖壞疊經帥承瀛等

六五一

六五二

與臣先後勸諭紳士商民捐銀三萬餘兩交紳
士承辦臣親往查勘工程業已過半鑲砌結實
明春可以完工所有查勘各塘工情形并議定
限制緣由理合恭摺具
奏伏祈
皇上聖鑒訓示謹
奏

所議甚好著依議行

道光五年九月初二日

浙江巡撫臣程含章跪

奏為海塘坍損已甚亟應整頓嚴立章程以除積

弊仰祈

聖鑒事竊照杭州府屬東西海塘保護民間田廬最

關緊要臣到任後兩次查勘業將坍損情形據

實具

奏并聲明經費有常應請定以限制接奉
硃批所議甚好著依議行欽此疊經臣札飭道廳實
心經理嗣據廳備各官稟稱本年秋汛潮大塘
工潑損甚多臣即委署杭嘉湖道鄂順安前往
查勘據該道稟稱兩塘工程除准修外東塘潑
損坦水四百餘丈西塘潑損柴埽工二千五百

餘丈皆應興修等情臣親往查勘潑損工段皆
係道光二三四年所修之工雖已逾保固限外
例不賠修然使修築時工作堅牢何致潑損如
此之速總由廳備各官並不認真辦理原修時
草率從事工竣後不復加鑲限滿後置身事外
而汛弁兵丁又不認真防護是以旋修旋壞竟

旋修旋壞工員之利也汝能指破又如此另立
章程可謂公忠無私足見汝一片實心也

無數年完固之工查東西南三塘每年有歲修
生息等款銀十五萬六千餘兩原不為少嘉慶
二十一年以前皆有剩餘自二十四年以後歲
修銀兩皆不敷用年年加增少者加增二三萬
多者加增十數萬而工程並不堅實現在本款
無存新工項下銀兩業已借用殆盡若停緩不

修竊恐潮水漫溢所傷者大然不急加整頓嚴
定章程恐各官狃於積習依然旋修旋壞必致
糜帑病民除將擇要興修工段附入沙水情形
月報摺內
奏請外謹就臣愚昧之見或申明舊章或參酌時
宜酌擬六條另繕清單恭呈

御覽是否有當伏祈
皇上聖鑒訓示謹
奏
另有旨
道光五年十二月　十八　日

謹將酌議整頓海塘章程敬繕清單恭呈
御覽
一道廳各官均應駐工督察修防也查杭嘉湖道有督率稽察之責東西兩廳係專管海塘與該營守備均屬承修之官更為喫重原各有衙門駐劄工所嗣因道署暨西防廳署年久坍塌片瓦無存一道兩廳皆寓省城廳員承修工程盡交付家人書役之手若輩惟利

是視安有為
國為民之心廳員雖時常往查而料物工作未嘗
親身料理易於朦混巡道數月一往亦不過
虛應故事工程之是否堅實無由得知備弁
兵丁因之偷安怠惰此塘工之所以旋修旋
壞糜費滋多也臣到任後業經飭令兩廳駐
工不准遠駐省城亦不准司道委審案件本
年工作稍覺改觀然非

奏明辦理恐日後仍循舊轍查東防廳與守備衙
署現今尚存雖小有損壞應令自行修補西
防廳衙署全無應令借廡次第建復其未建
以前有潮神廟可以暫寓嗣後東西兩廳同
知暨守備均令駐劄工所一切修防事宜逐
一親身料理非領銀稟事不准來省如有潛
回省城居住者即以擅離職守揭參亦不准
上司委審案件致滋規避至道員衙署倒塌

已久工程較大急切難以建復省城現有館
寓一所該道寄住已久應請仿照河道之例
每逢大汛及修築工作時到工駐劄借住神
廟以便就近督率稽查此為辦工第一要著

必須如此從實辦理

應飭令永遠遵守
一保固限期應請酌加也查海塘定例魚鱗石
塘保固十年已得其中無庸更易惟坦水石
工保固三年柴埽工保固一年為期太近承

修官未免存苟且草率之心修理時已不堅
固工竣後又不預備料物隨時加鑲以致限
滿後工即損壞又復估修此海塘經費之所
以逐漸加多額設錢糧不敷應用之緣由也
應請自本年冬季臣立定章程之後為始坦
水石工保固四年柴埽工保固二年均自驗
收之日為始仿照河工事例工竣後責令承
辦之員預備料物如有潑損蟄陷督率弁兵

隨時檢拾加鑲限滿後驗明完固交付汛弁
防守如此後續有損壞准其稟請巡道勘明
分別輕重給以修費又可支持一二年如此
此條亦是
則工程較少節省經費多矣
一各汛工段無論限內限外均應隨時一體修
理也查塘工之沖坍先起於殘剝墊陷若於
殘剝蟄陷時即為趕修所費無幾而工復完
整何致遠行沖坍乃向來各工員於承辦工

段限內殘剝尚勉力修補一至限外因例無
賠修之責並不修補而附近居民半皆以辦
工為生吏難保無偷取柴樁陰圖損壞希冀
復修之事以致塘工每多坍塌是欲求塘工
之鞏固必先令修補之及時臣現飭令廳汛
各官如所修工段限內殘剝者固須賠修即
限外者亦須小心防守即如水坦石工間有
潑損潮退仍可檢拾鑲砌完好柴工潑損塘

六六六

六六五

面低陷亦應隨時修補完固料出廳備工出兵丁並非甚難之事并查拏偷取柴椿之人從重治罪如官弁仍敢藐忽以致工程沖決者即以玩視海塘嚴行叅辦至承辦塘工再有包與書吏諉托家人者一併叅處

此條甚好

要在認真稽察

一工員請修柴石工程應核實估計也查工程攸關帑項估計不容稍有浮溢乃向來勘估工程如某字號起至某字號止共計工長若干丈此若干丈之中即尚有間段完好者并有底工現存止須加鑲十之二三四五者亦一併估計在內殊屬浮冒嗣後估計工程應責成杭嘉湖道親勘總以實在倒塌丈尺為準如尚有完好及止須添補者分別劃除以歸撙節而期覈實

甚是

一西塘柴埽工應加篾纜細縛也查河工鑲砌

東稽皆有纜繩細縛而浙江塘工獨不用纜以致風潮沖激柴枝即隨水漂去工程因之壞爛又須另修臣到任後飭令工員加以竹纜現在新修之工較為穩固惟查報銷事例並無用纜之文自係當初遺漏工員未免以賠累為詞不肯多用嗣後應照河工做法用竹纜層層細縛庶風潮沖激不致漂流其竹纜木樁每丈請添給銀三兩所費不多而工

歸結實不須三兩年一修所省實大至柴工必須用土填壓自用柴工至今數十年來附近田土買挖已盡挑工愈遠居民索價居奇例價不敷自應另行設法因思柴草易腐易浮必須易以不腐不浮之物莫如用石臣到任後諭令工員試辦改用塊石堆砌現已做成數十丈價值並不加多而工程似較結實俟經大汛後不被沖落即可陸續改辦

留心試看果能經久無弊即陸續改辦可也

一各汛難易險夷情形今昔不同駐防弁兵應請酌改也查東防廳之尖山汛從前正當海水之冲額設千總一員外委二員兵丁七十二名毘連之念里亭汛不甚險要額設把總一員外委一員兵丁六十一名近來潮頭移射念里亭及鎮海二汛又有南潮橫冲激射情形最險弁兵不敷派撥而尖山汛漸起漲沙不甚喫重雖工作緊忙時亦可調來協助

而非本汛額設之兵來遲去早緩急不甚得力至千把總雖同係帶兵之官而千總職分較大較為得力應請將尖山汛千總移駐念里亭汛而以把總移防尖山汛弁撥出尖山外委一員兵十名添入念里亭汛方足以資修防又鹽平汛從前險工最多設兵亦多今險工較少應請撥出兵丁十五名歸入險工最多之鎮海汛又西防廳之李家埠汛從前

江水坐灣正當其沖額設兵丁一百四名令
塘外半生護沙險工少而平工多應請撥出
兵丁二十名增入險工較多之戴家橋汛如
因時制宜
此一轉移間弁兵錢糧並不增減而難易多
有何不可
寡皆得其宜矣
以上六條皆整頓塘工要務其有未盡事宜容
臣督飭道廳各官隨時酌辦不敢瑣瑣具陳合
併聲明